怪傑佐羅力的（特別附錄②）

整理袋

《由於本書附錄太多，為了避免四處散落，
請全部收納在這個整理袋裡面。》

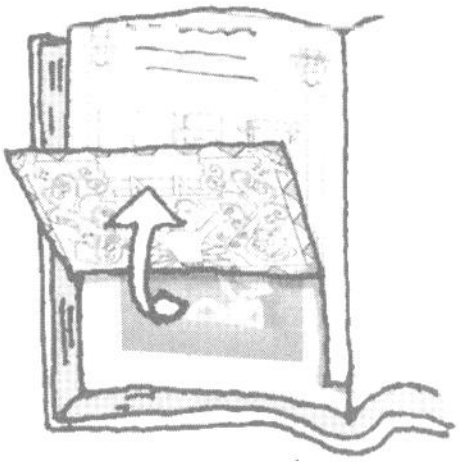

①拿剪刀從兩側
沿著線剪開，
剪到虛線的位置。

②再沿著虛線
折起來。

③最後塗上黏膠，
沿著黏貼線
黏起來。

請沿虛線摺起

請塗上黏膠

☆像這樣，
就可以把書籤等附錄
全部收進去，
不會遺失了。

請塗上黏膠

〈請沿線剪下來〉

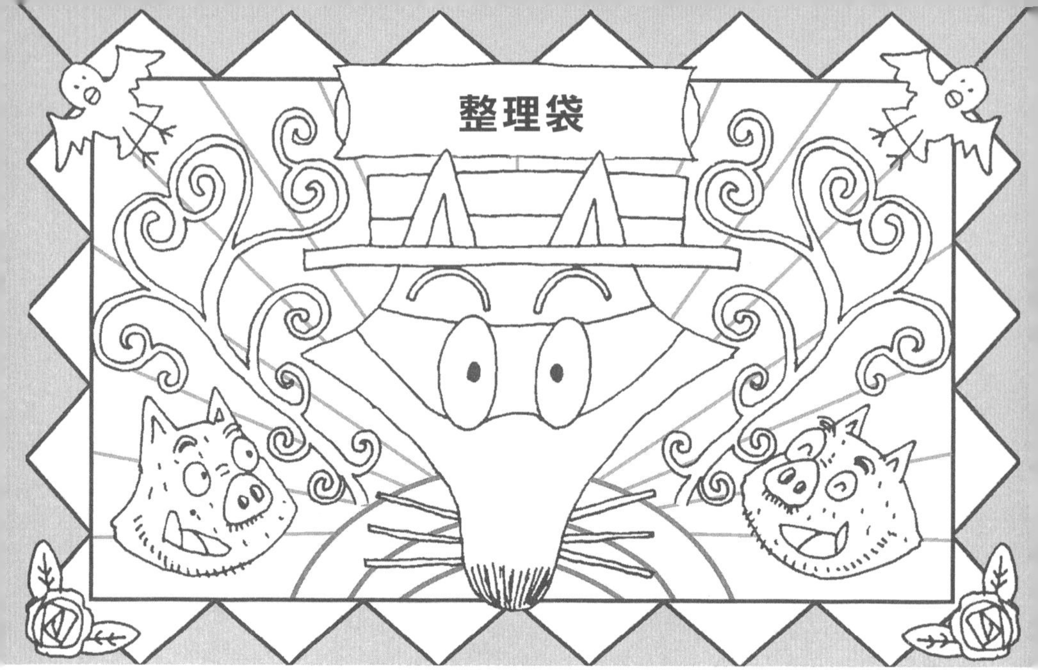
整理袋

可以塗上自己喜歡的顏色，
做成漂亮的整理袋。

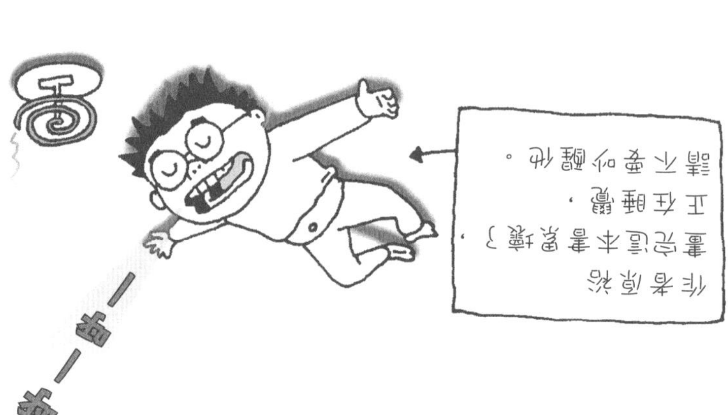
作者原裕
畫完這本書累壞了，
正在睡覺，
請不要吵醒他。
呼—呼—

怪傑佐羅力之恐怖嘉年華

文·圖 原裕　譯 王蘊潔

第二天早晨，佐羅力三人醒來一看，發現他們竟然躺在一座垃圾山中。
咦？怎麼會這樣？原來這裡是垃圾場啊。不，等一下，我看，這些東西，應該都是『違法丟棄』的垃圾。

佐羅力小知識

『違法丟棄』是指偷偷把垃圾任意丟棄在不是垃圾場的深山或空地。

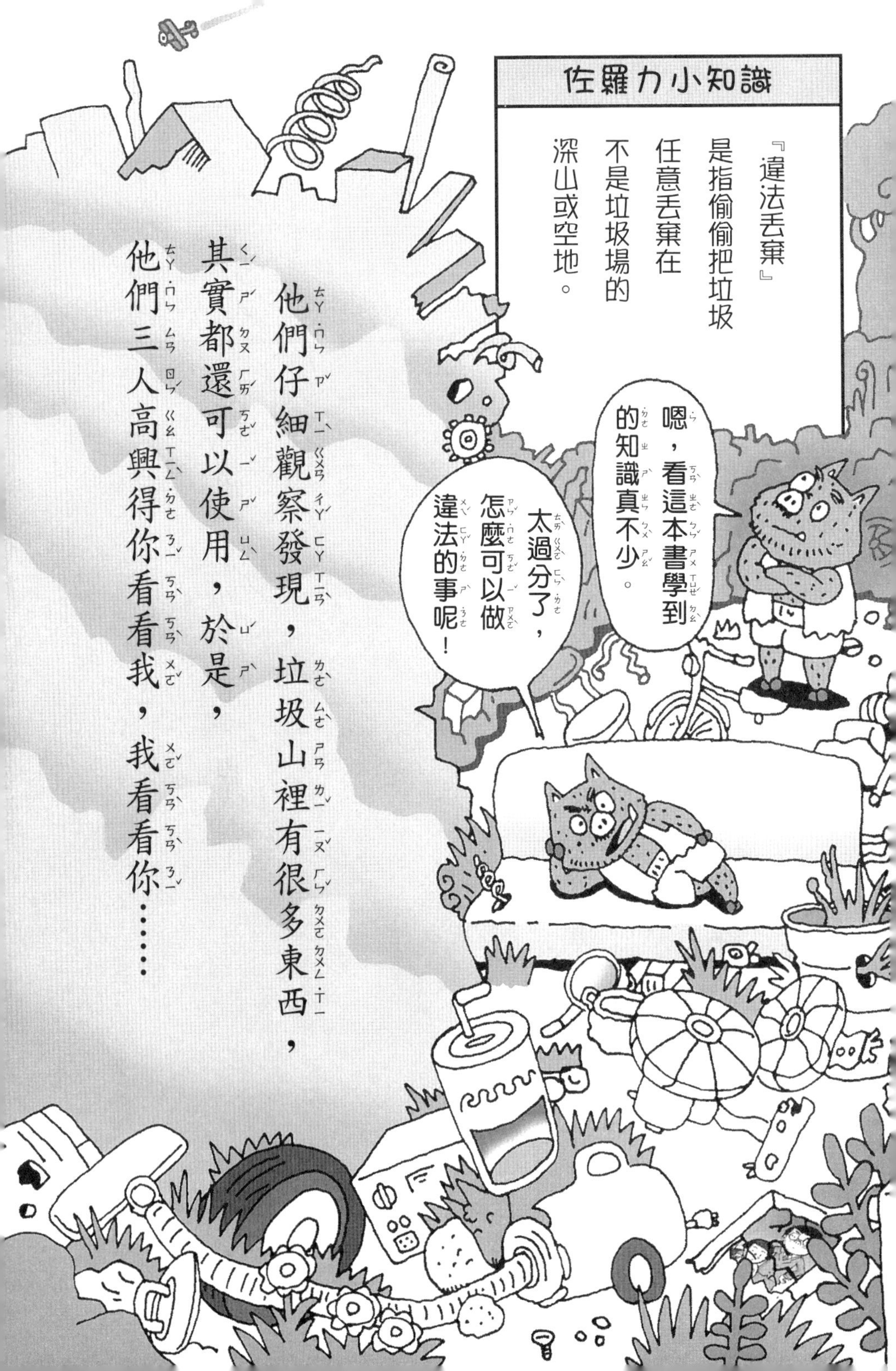
嗯，看這本書學到的知識真不少。
太過分了，怎麼可以做違法的事呢！

他們仔細觀察發現，垃圾山裡有很多東西，其實都還可以使用，於是，他們三人高興得你看看我，我看看你……

……他們找到一些還可以用的垃圾，在空地上排排放放，看起來就像個房間了。
喔，原來這就是客廳的感覺呀。真懷念以前和媽媽一起生活的日子呢。喂，伊豬豬，本大爺肚子有點餓了，就用本大爺剛才修好的微波爐，找些東西微波一下吧。

伊豬豬拔了一些草，
放進微波爐，
魯豬豬則用力踩腳踏車
產生電力。
微波爐開始加熱，
叮！
大約三分鐘後，
微波爐停了
下來。

「好了，快來嚐嚐吧。」三個人從微波爐裡拿出熱騰騰的草，放進嘴裡。

「哇，好苦。」

「呸，難吃死了。」

他們皺著眉頭，把草吐了出來。

「唉，真想吃好吃的東西呀。」佐羅力無奈的嘆著氣說。

這時，有個聲音說：

「如果不嫌棄的話，這些請你們吃。」

佐羅力的眼前出現了十個飯糰。

他們一抬頭，
發現九個可愛的女生
站在面前。

「你們好，
我們是牛家九姊妹，
名字叫『哞哞少女組』。
大家都叫我們
『哞少女』。」

「謝謝你們，

本大爺是流浪旅人佐羅力。他們是我的旅伴伊豬豬和魯豬豬。」

佐羅力三人等不及好好的自我介紹，一接過飯糰，立刻放進微波爐。

微波好的飯糰，熱騰騰的，還散發出淡淡的牛奶香味，好吃得連下巴都快掉下來了，

轉眼之間，三個人就把飯糰吃光了。

「嗝，太感謝你們了。

我從來沒有吃過這種飯糰，

簡直是專業級的味道。」

「我們用牛奶代替水煮飯，

做成牛奶飯糰販售。」

「取名為『哞哞少女組』的『哞哞飯糰』。」

「今天開始，整個鎮上都在為嘉年華會做準備，

我們的店面也要暫時休息幾天。」

「所以，本來昨天沒有賣完的飯糰……」

「差一點想要丟掉。」

「看到你們吃得這麼高興，真開心。」

「啊，我們沒有時間在這裡閒聊。」

「對啊，我們要趕快回去幫忙準備嘉年華會要用的舞臺花車。」

「佐羅力，再見囉。」

這些哞少女們快步離開了。

這時……

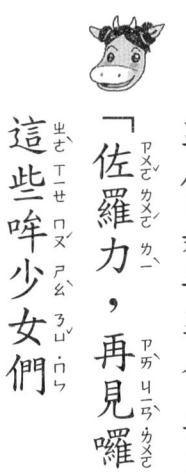

佐羅力三人趕緊跟上去，
追在哞少女後面問道：
「喂，你們說的嘉年華會，
是在什麼時候舉行啊？」
「這個月十號，星期天，
到時候如果你們還留在這裡的話，
歡迎來參觀。」
於是，哞少女帶著佐羅力三人
前往即將舉行嘉年華會的廣場。

大富翁銀行
我們羊羊鎮會在這裡和龜龜鎮一起舉辦舞臺花車比賽。到時候，兩隊的舞臺花車將分別繞行廣場一周，最後在銀行門口表演。
什、什麼？

這時，佐羅力突然衝向即將舉行嘉年華會表演的地方。

「到時候你們就是要在這家銀行前面表演嗎？那一定會很熱鬧吧。」

佐羅力跑到銀行的牆壁前，一邊摸，一邊說。

「對啊，每年我們兩個鎮會共同舉行慶典，到時候會有很多人來這裡看舞臺花車表演。」

「尤其是龜龜鎮，每年都會花很多錢

製作漂亮的舞臺花車。」

「喂，喂，難道你們的舞臺花車不漂亮嗎？」

「雖然我們也很努力，但是，大家都說我們今年一定又會輸。」

哞少女們忍不住難過的低下頭。

「還沒有比賽就覺得自己會輸，這到底是怎麼回事啊？」佐羅力忍不住問。

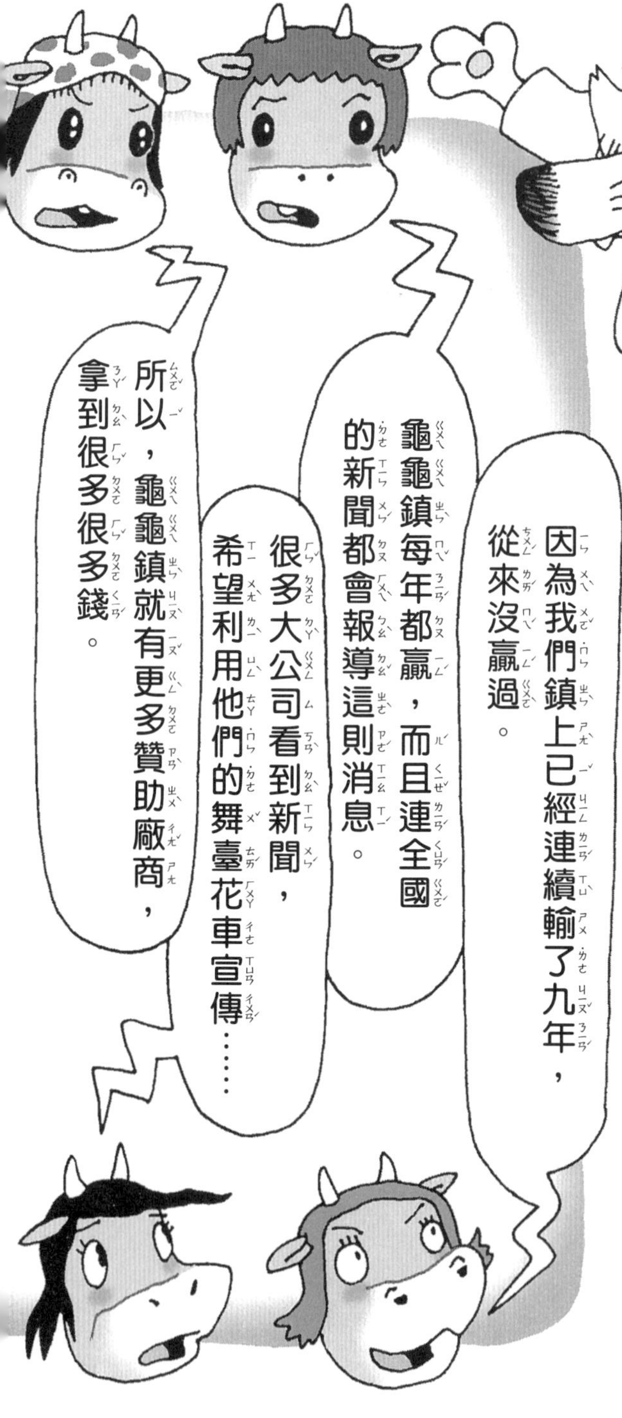
因為我們鎮上已經連續輸了九年，從來沒贏過。
龜龜鎮每年都贏，而且連全國的新聞都會報導這則消息。
很多大公司看到新聞，希望利用他們的舞臺花車宣傳……
所以，龜龜鎮就有更多贊助廠商，拿到很多很多錢。

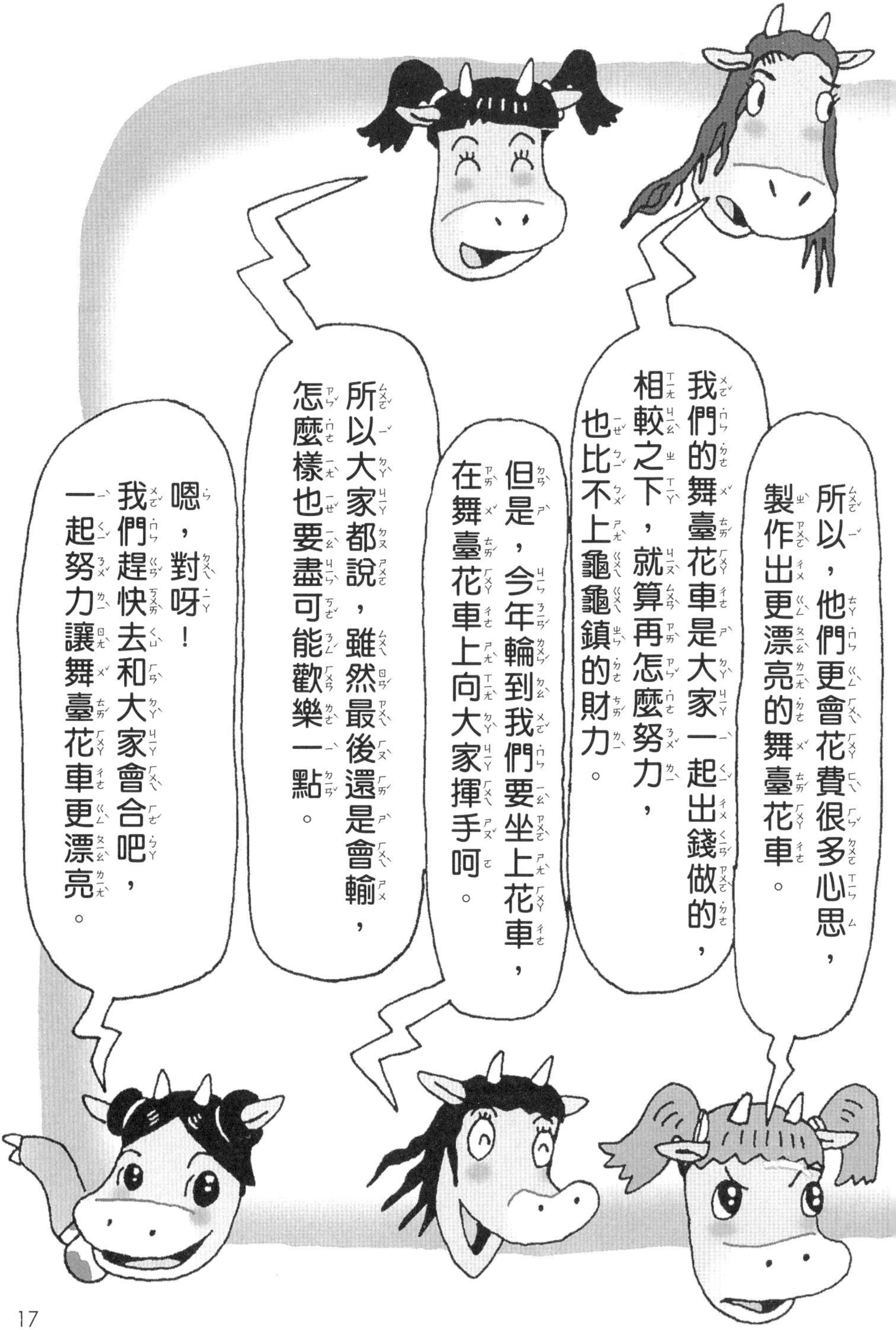
所以，他們更會花費很多心思，製作出更漂亮的舞臺花車。
我們的舞臺花車是大家一起出錢做的，相較之下，就算再怎麼努力，也比不上龜龜鎮的財力。
但是，今年輪到我們要坐上花車，在舞臺花車上向大家揮手呵。
所以大家都說，雖然最後還是會輸，怎麼樣也要盡可能歡樂一點。
嗯，對呀！我們趕快去和大家會合吧，一起努力讓舞臺花車更漂亮。

佐羅力三人跟著哞少女
一起來到體育館，
發現大家正在製作一個很大的
乳牛造型的舞臺花車。
「喔，做得很棒啊，
完全看不出來是用紙做的。」
佐羅力咚咚的
敲著舞臺花車，
內心感到

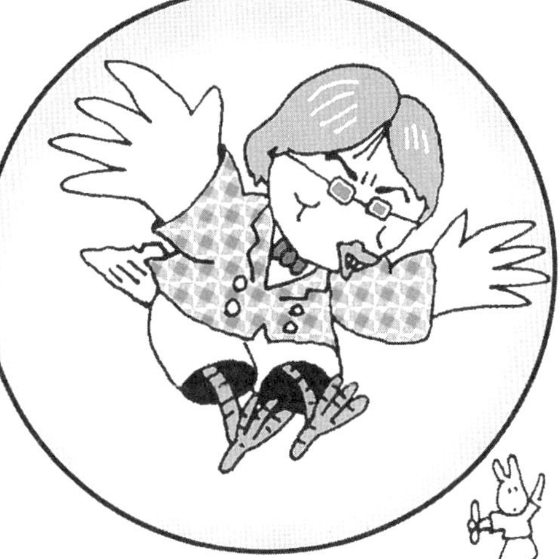

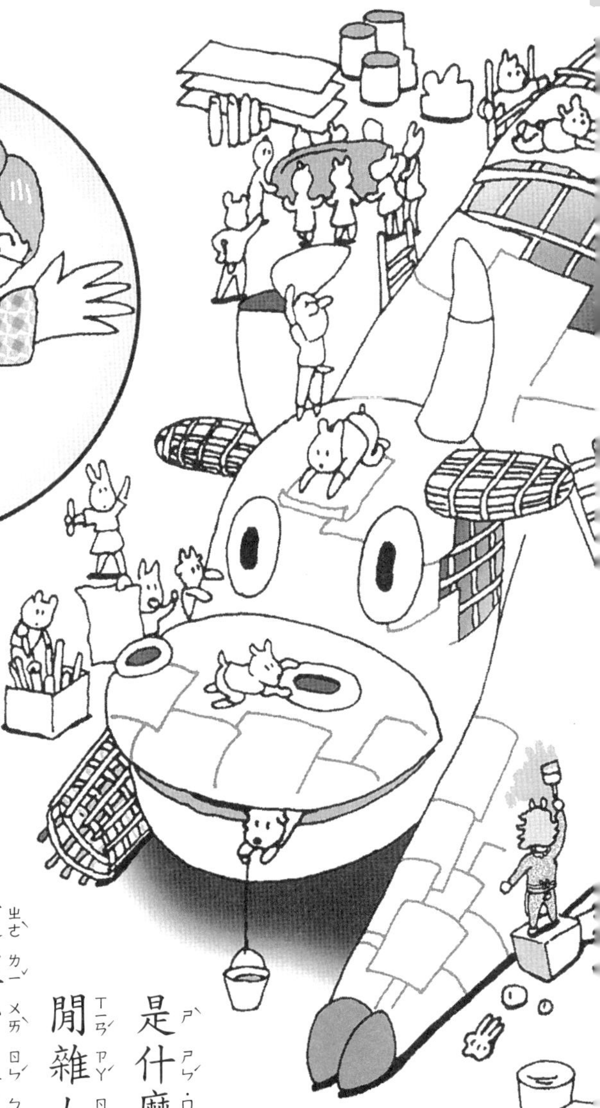

相當佩服。

「喂，你這傢伙是什麼人，啾？閒雜人等請立刻離開，這裡外人不得隨便逗留，啾。」

一隻滿頭金髮的麻雀衝出來說。

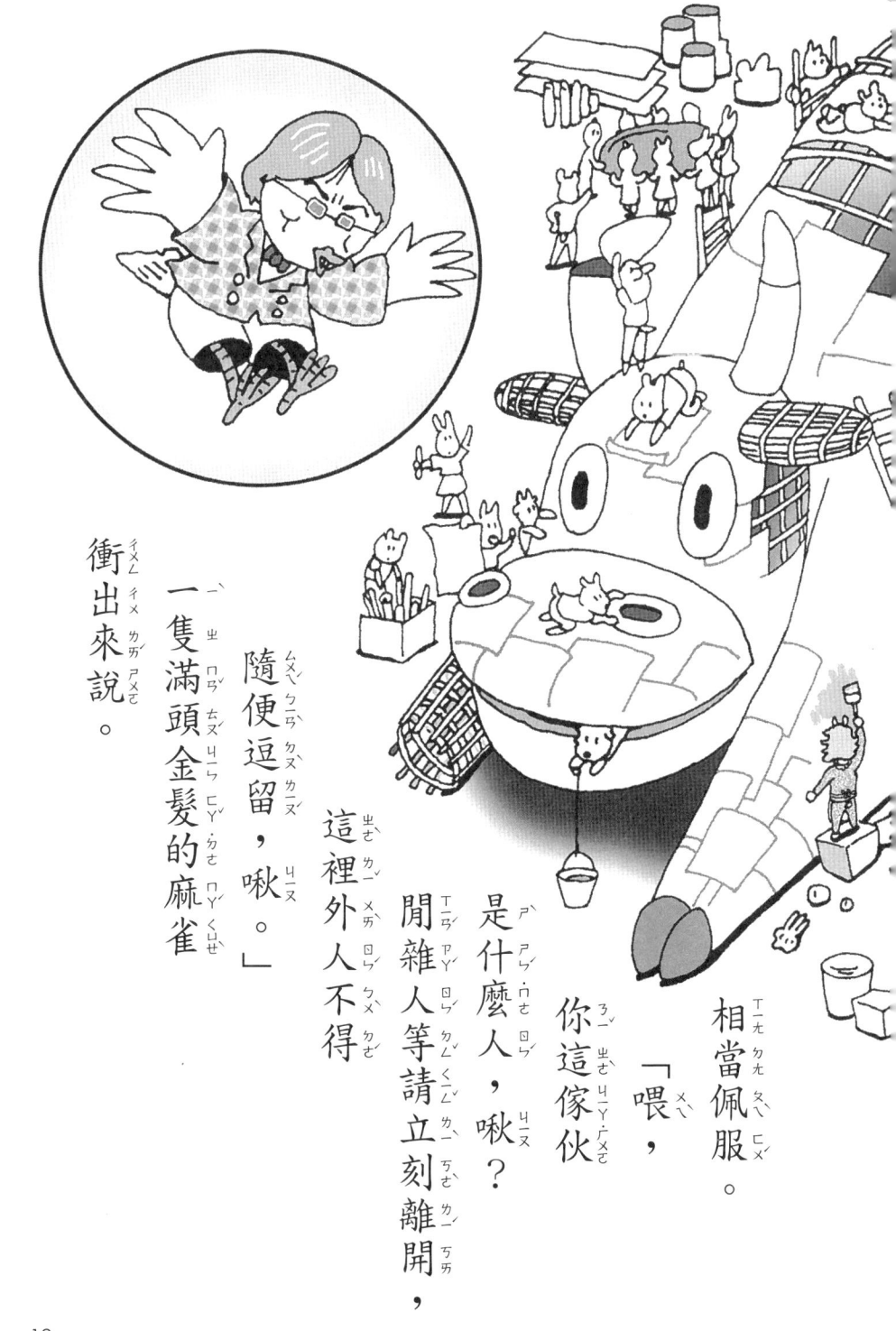

「小啾，你太沒禮貌了，
他們正在旅行，
只是想來參觀一下我們的
嘉年華會而已。」
哞少女忍不住責罵
那隻名叫小啾的麻雀。
「不好意思，請三位見諒，
因為知道這場比賽不可能贏，
所以大家的情緒

都有點緊張。」

羊鎮長出面代替麻雀向佐羅力他們道歉。

「不過，今年我們羊羊鎮會派出最漂亮的美女姊妹花登場，哞少女將站上舞臺花車，帶著笑容向大家揮手，大家都很期待，今年的舞臺花車會很熱鬧哦。」

鎮長露出親切的笑容。

「啾！光靠這樣，怎麼可能贏呢？還要搭配熱鬧的音樂和很勁爆的舞蹈才行，否則，嘉年華會根本不可能熱鬧，啾。」

小啾再度插嘴。

「呃……他是這次的音樂製作人，對大家的準備好像有點不滿意。」

鎮長的話還沒說完，

「才不只是有點不滿而已，你們看這些，啾！」

小啾拿出直笛、玩具電子琴，還有三角鐵。

「只有這幾樣樂器，到底要怎麼演奏出熱鬧的音樂？龜龜鎮他們可是有整團的管弦樂團，啾!!」

佐羅力想了一會兒，開口說道：

「只要由我來當製作人，再動動腦筋，搞不好可以贏。」

「哼，你這個突然冒出來的外地人，亂說什麼呀？只要你看過龜龜鎮的大型舞臺花車，就不敢再說大話了，啾。」

小啾聽了氣鼓鼓的說。

「喔，有這麼厲害嗎？好，那我就去看看。伊豬豬、魯豬豬，跟我來。」

佐羅力他們拿到龜龜鎮的地圖，
正準備離開的時候，
聽到小啾在他們背後
冷冷的說：
「喂，如果他們把你們當成是
我們鎮上派去的間諜就慘了，
所以，拜託你們去看的時候，
千萬要小心一點，
不要被人發現了。」

「佐羅力大師，你又要幫助別人了嗎？」

在前往龜龜鎮的路上，伊豬豬忍不住抱怨起來。

「對啊，如果不趕快找機會向讀者展現一下天才壞蛋的本領，佐羅力大師的書迷就會統統不見了。」

魯豬豬也忍不住擔心的說道。

佐羅力生氣大罵，說：

「你們這兩個笨蛋！難道你們真的以為，我沒有任何打算，就去幫忙什麼嘉年華會嗎？你們再好好回想一下，即將舉行嘉年華會的那個廣場。」

佐羅力把他的計畫一五一十的告訴伊豬豬和魯豬豬。

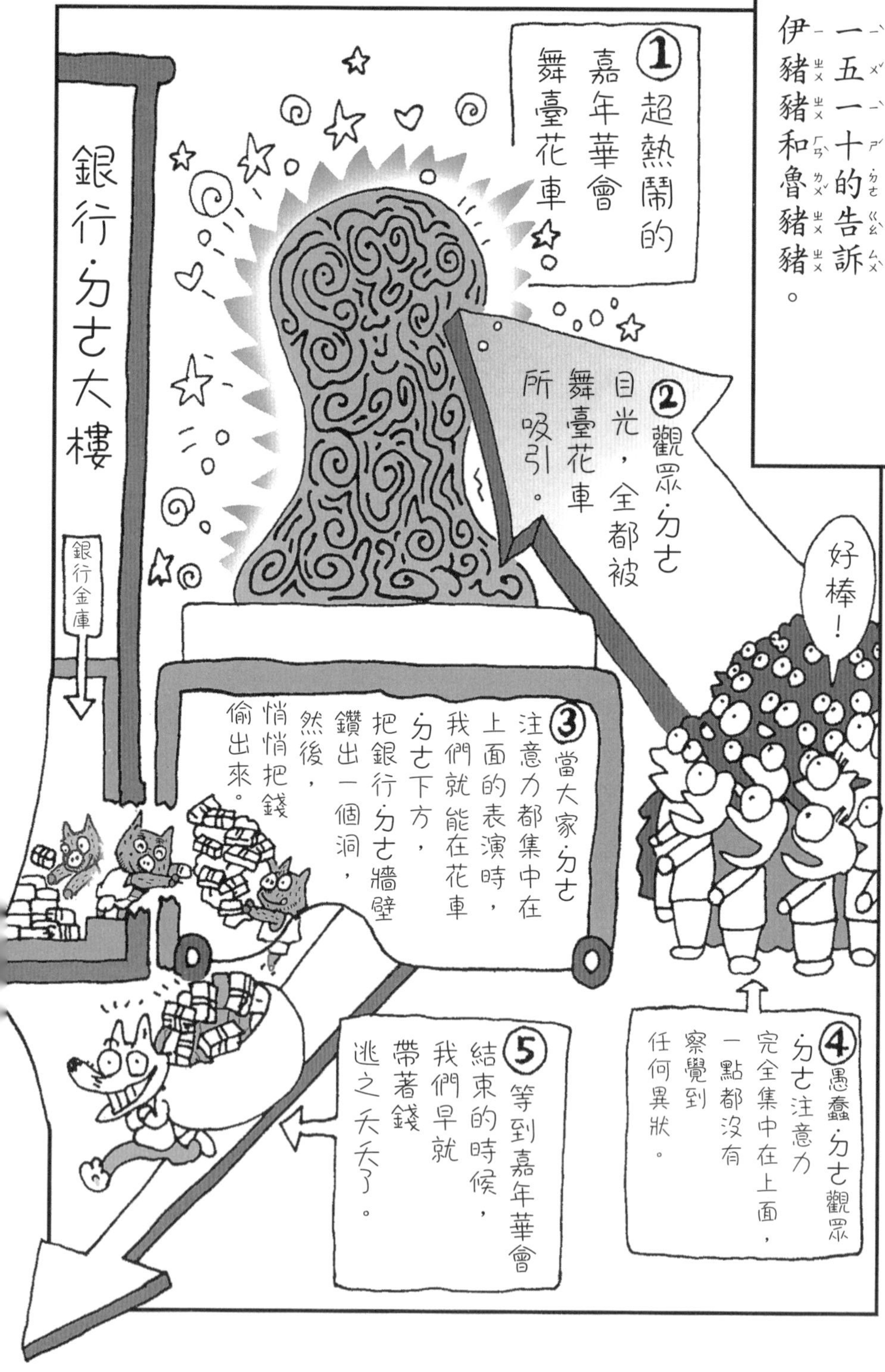

「想要讓這個計畫成功，舞臺花車一定要夠炫，有了足夠的魅力，才能吸引觀眾的目光。你們瞭解了沒有？」

佐羅力解釋給他們聽。

「佐羅力大師果然是天才大壞蛋。」

伊豬豬和魯豬豬總算鬆了一口氣——

——接著，他們三人來到龜龜鎮製作花車的地方了。他們躲在後面悄悄探頭張望——
多虧董事長您的熱心，願意大力提供贊助，讓我們今年也可以製作這麼漂亮的舞臺花車。
點頭哈腰
搓手奉承
哇喔，太帥了。這根本不像舞臺花車，簡直就是超級機器人嘛。
那個烏龜大爺就是這裡的鎮長嗎？

別這麼說，聽說贊助這裡的花車，可以為公司帶來很大的宣傳效果。不過，感覺上好像還不夠亮眼，我看，乾脆把整座舞臺花車都裝上電燈，讓整座舞臺花車亮閃閃的，花再多的錢都沒關係，你覺得怎麼樣？
嗯？這個董事長的聲音聽起來好耳熟。

啊？好吧！
最好，在機器人臉上裝上一個很大很大的液晶螢幕。

沒錯，他就是噗嚕嚕糖果公司的噗嚕嚕董事長，
而站在他旁邊的人，
就是他的員工摳噗嚕。
佐羅力之前曾經為了
噗嚕嚕糖果公司的糖果，
吃過不少苦頭。
「原來那傢伙就是
龜龜鎮的贊助廠商，
哼，這樣就更加不能輸了。」

☆如果想進一步瞭解
關於噗嚕嚕董事長的故事，
請記得去看
《怪傑佐羅力之勇闖巧克力城》、
《怪傑佐羅力之恐怖的賽車》和
《怪傑佐羅力之恐怖大跳躍》。

總之，一定要夠花俏喔！
絕對要好好的宣傳一下。
知道嗎？
噢哈哈哈！

佐羅力緊緊握著拳頭。

「但是，兩輛舞臺花車的規模根本沒辦法相比啊，我看還是不要參加比賽比較好。」

魯豬豬心生畏懼的說。

「哼，我就是要讓噗嚕嚕知道，並不是什麼事只要願意花大錢就好。」

佐羅力的眼睛亮了起來。

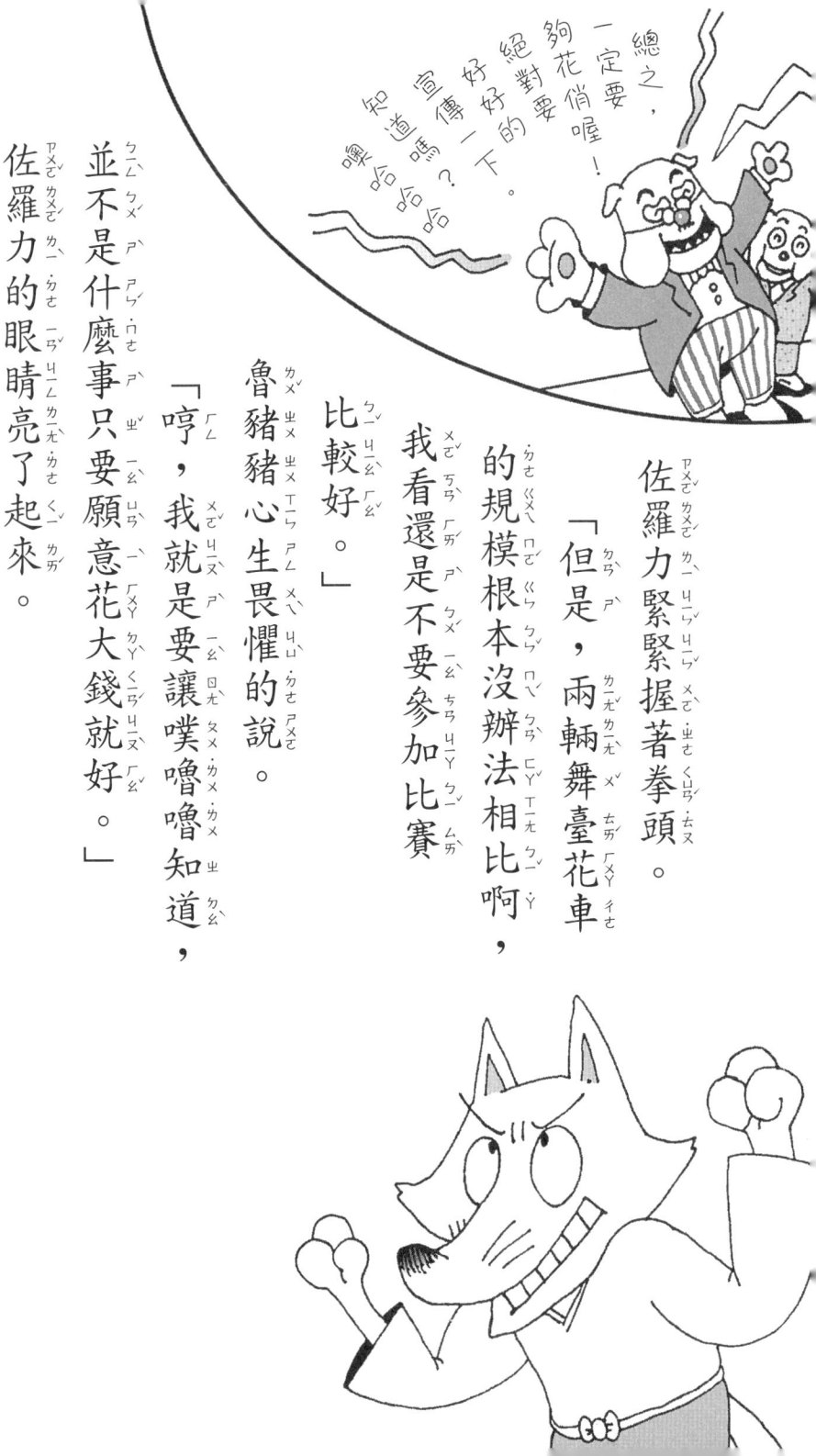

佐羅力三人回到體育館。

「情況怎麼樣，啾？你們終於死心了吧，認清現實後，就趕快離開，啾。」

小啾冷冷的對他們說。

但佐羅力絲毫不把他的話放在心上。

「對，我瞭解兩隊的實力相差懸殊，但是，我有一個好主意。怎麼樣？你們願不願意聽我的？」

聽到佐羅力的提議，鎮上的民眾都露出了猶豫不決的表情。

「好，那我知道了。等你們看到我做的舞臺花車之後，再來做決定吧。」

佐羅力說完，就帶著伊豬豬和魯豬豬離開體育館。

佐羅力三人回到「違法丟棄」的垃圾山，
立刻動手清理整頓，
把電器用品和家具分成了兩堆。
「雖然這些東西在別人眼中是破爛，
但對本大爺來說，這些都是很棒的材料，
本大爺要靠創意取勝，
一定要做出一輛
讓所有人大吃一驚的
舞臺花車，

然後順利的把銀行的錢
全部搬回家。」

聽到佐羅力這麼說，
伊豬豬和魯豬豬
也忍不住高興起來。
「那我們就變成超級有錢人了。」
「我們要偷很多很多錢，
這樣就可以建造一座
漂亮的佐羅力城堡。」

三個人一邊想像著偷到很多錢以後可以做什麼事，一邊很賣力的製作舞臺花車。

那些原本破破爛爛的垃圾，漸漸變得不一樣了。但是，鎮上沒有半個人來看他們製作舞臺花車，只有心地善良的哞少女關心他們，不管早餐、午餐和晚餐，都會特地送飯來給他們吃。

到了第四天傍晚，佐羅力決定讓哞少女見識一下舞臺花車的機關。

你們好，這是今天的晚餐。
有誰願意進去這個箱子試試看？
好，那我來。

其中一位哞少女走上前，進入佐羅力做的箱子裡，伊豬豬立刻用力踩下腳踏車踏板。

這時——

——箱子裡的哞少女緩緩的旋轉了起來——

——像是乘著花朵一般，升了上來。
然後，在半空中停了下來——
旋轉
旋轉
用力——踩

啊呀。
太可愛了。
——然後，周圍的花瓣一片片緩緩的張開來。
用這種方式出場，你們覺得怎麼樣？
下面的盒子是洗衣機耶。
是啊，緩緩的旋轉著呢。
那個花瓣是電風扇的葉片嗎？

哞少女們全都開心極了，
接下來，換魯豬豬上場，
同樣用力踩腳踏車。

用力－踩

這時，天空降下了白色的雪花，飄哇飄的。

所有的哞少女都驚呼起來。

噴雪花裝置
○所有的冰塊，經過快速旋轉的機器裝置，製作成剉冰。
電風扇
吸塵器的管子
○下方的冰箱冷凍庫會不斷將冰塊運送上來。
剉冰機
○做好的剉冰在電風扇的風力吹送下漸漸飄落。
冷凍庫
啊，好冰，這是雪耶。
什麼！原來這麼熱的夏天也可以下雪耶。
哇！好涼快，好浪漫哦。

佐羅力說：

「不光是這樣而已，
為了讓你們更加閃亮動人，
我一定要製作出更厲害的舞臺花車。」

「好厲害，好厲害，太厲害了。」

「我們趕快去通知鎮上的其他人。

他們知道了一定會很驚訝。」

哞少女個個樂不可支，
蹦蹦跳跳的離開了。

聽到哞少女的通知，鎮上的其他民眾一個接著一個紛紛跑來探看佐羅力三人的情況。

他們看到佐羅力三人默默的製作舞臺花車，

而且，佐羅力所做的舞臺花車，比起鎮民自己做的舞臺花車更加壯觀。

「他們幾個和我們素昧平生，卻願意為了我們全力以赴，如此賣力的製作舞臺花車。」

「他們真是大好人，心地太善良了，相較之下，我們之前對待他們的態度，實在太失禮了。」

「那我們也來幫忙，跟佐羅力他們一起做吧。」

鎮上的民眾被佐羅力三人的熱情深深的感動了，他們紛紛來到佐羅力身旁，一起動手製作舞臺花車。

好，再往上，再往上。
好了，接著把蒐集來的花統統都裝進這裡面。

最後，他們做出了一個和之前截然不同的豪華舞臺花車，鎮上的民眾心中有了一線希望，漸漸覺得這次說不定有機會獲勝。

就在這時，報紙上刊登了一篇報導。

盡可能的在這個盒子上鑽出很多小洞。
大家一起做速度果然快很多。
好，大家的笑容要笑得燦爛一點，揮手的時候也要很有精神。

每讀新聞

人氣偶像團體BMAP和P6即將登上嘉年華會最具冠軍相的舞台花車！

由五位超俊美熊男所組成的偶像團體 BMAP。（據說將演唱主打歌「熊的心」）

知名度急速上升的六名豬帥哥——當紅年輕偶像團體「P6」。

今年嘉年華會的氣氛真是愈來愈熱鬧了。

最受矚目的焦點，當然莫過於龜龜鎮的舞臺花車。龜龜鎮的舞臺花車已經連續九年獲得勝利，已經成為戰無不勝的強隊。

今年，噗嚕嚕糖果公司更主動要求成為龜龜鎮的贊助廠商，聽說因此投入了大量資金，製作出相當豪華的舞臺花車。除此之外，今天又得知了一個重大消息。

目前全國最受歡迎的人氣偶像團體「BMAP」和「P6」將在舞臺花車上載歌載舞，如此一來，第十年的舞臺花車比賽，龜龜鎮想贏得勝利也是十拿九穩了。

本來就已經沒有太大的勝算了，想不到，龜龜鎮現在又有兩大超級明星團體加持，看來，我們根本別想贏了。

「唉，沒希望了。佐羅力，謝謝你，讓我們做了一個短暫的夢。」鎮上的民眾個個垂頭喪氣，準備打道回府。

這時，佐羅力擋在大家的面前說：

「等一下，等一下，只要我們也派出自己的明星，不就解決問題了嗎？」

「你說什麼？」

「就是哞少女啊，那麼可愛的女生，只是站在舞臺花車上微笑、揮手，難道不覺得有點大材小用嗎？怎麼樣？只要她們上臺，在舞臺花車上唱歌、跳舞，一定很有吸引力。」

佐羅力的話才說完，伊豬豬和魯豬豬就迫不及待的衝了出來。

「寫歌詞和編曲的事，就包在我們身上吧！」

「我們寫過『嘿吼嘿吼嘿嘿吼』等等很多首有名的歌曲，明天早上之前，我們一定會為她們寫出很棒的歌曲。」

他們充滿自信，拍著胸脯向眾人保證。

第二天早上，
哞少女們開始練習
伊豬豬和魯豬豬寫的歌曲。

河童
炸雞塊
斗笠裡
噗哩哩
放了什麼呀
不用問
當然是「屁」呀
就是「屁」
謝謝你，謝謝屁
來，唱大聲點，聲音要從丹田用力唱出來。
對，沒錯，要唱得更有節奏感。

菜蟲在農田
走進草叢裡
手變癢了呀
不用問
當然是「蚊子」
就是「蚊子」
失策了，
不應該
把這件事交給
他們處理的。
我看
完蛋了。

這首歌慘不忍聽，
小啾實在忍無可忍，
衝出來對他們說：
「可不可以把電子琴借我一下？
請你們聽聽我寫的歌。」

小啾把樂譜發給九名哞少女，說：

「請你們打起精神大聲唱。」

然後，他的兩隻腳踩在電子琴上彈奏起來。

熱騰騰的鮮奶
吹冷一點就好了（呼——呼——）
如果還是覺得燙
呼哈呼哈大力吹
即使再難吃的派
只要搭配牛奶吃
難吃的派　難吃的派

難吃的派　好吃的派
再來一塊
喔，太好吃了，親愛的
只要搭配牛奶吃
喔，太好吃了，親愛的
無論任何的料理
只要加入鮮牛奶
就會　就會
就會　就會　感覺真不賴
啊　加了很多
加了很多的牛奶　對不起（好哩好哩）
努力下廚
做好菜——
謝謝啦——

哞少女們歡快的唱著歌，精神抖擻的跳著舞，表現和剛才完完全全不一樣。

鎮上的民眾聽了這首歌，
也忍不住搖擺身體，隨著拍子舞動，
也有人很快就記住旋律，
跟著一起哼了起來。

「這首歌真不錯，
聽了感覺渾身是勁。」
「我去店裡張羅幾件
適合她們穿的可愛衣服。」
專賣舶來品服裝店的

老闆娘說道。

「我們會好好努力，一定會在嘉年華會之前學會這首歌和舞蹈的動作。」哞少女說道。

小啾也說：

「好，我也會好好訓練你們。」

鎮上的民眾團結一心，興奮的彼此鼓勵。

佐羅力看到之後，帶著伊豬豬和魯豬豬——

——來到將要舉行嘉年華會的廣場。他們打算要趁現在實地調查一下，為搶錢做好準備。
只要那個大型舞臺花車來到這家銀行門口
大家就完全看不到這面牆了。

咚咚
咚咚
而且，本大爺已經調查清楚了，金庫的位置就在這裡。
現在，為了讓這個計畫成功，我們要製作出以下這些東西。

①一個炸藥：要把銀行ㄉㄜ˙牆壁炸出一個洞。

②一台吸力超強的吸塵器：

可以把金庫裡的錢統統吸出來。

③一輛大卡車：把錢全吸進來之後，可以順利逃走。

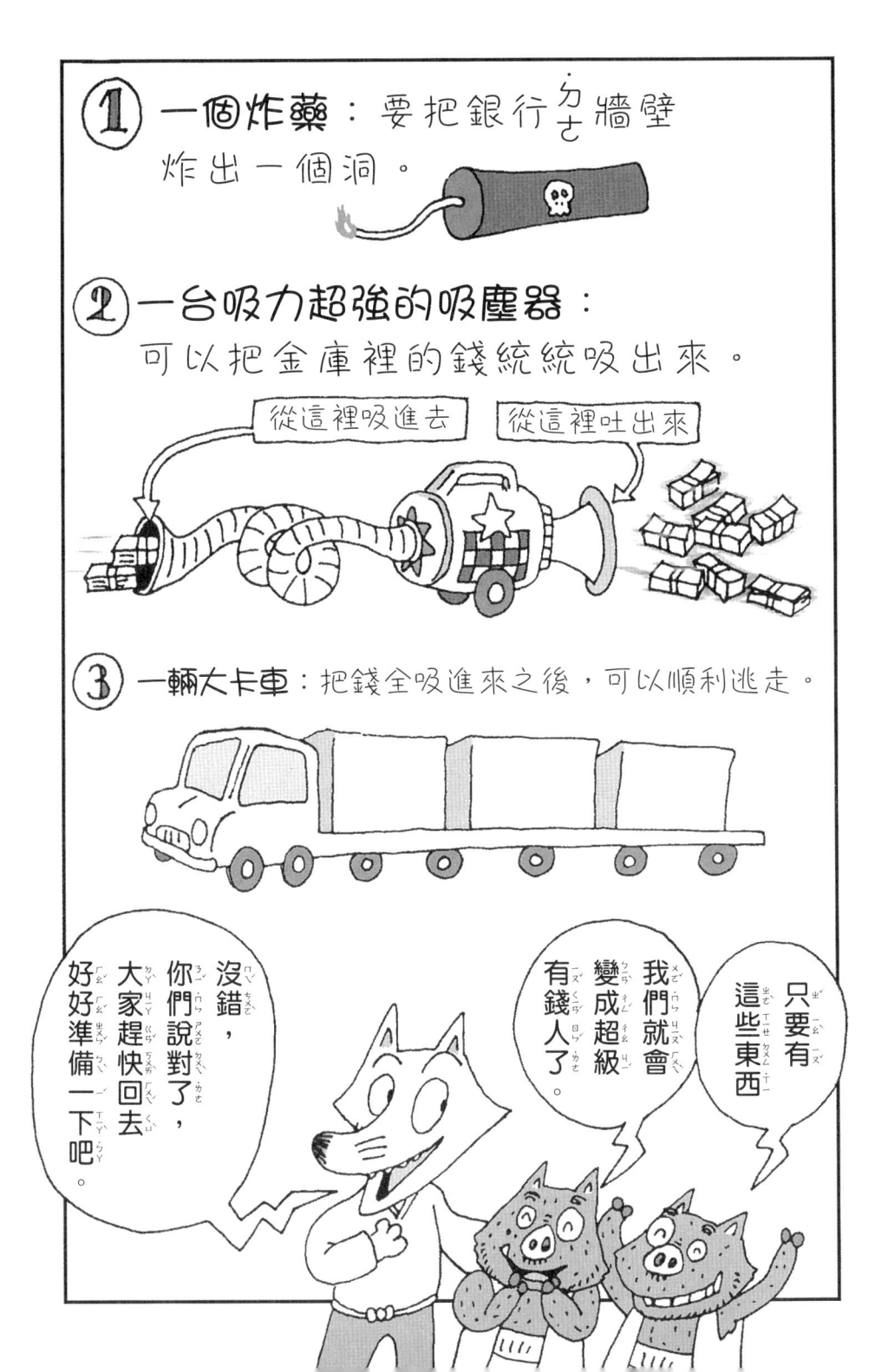

佐羅力回到空地後，
對鎮長說：
「舞臺花車上的裝飾，
就交給你們處理了。
可不可以請你用剩下的錢，
去買很大的煙火？因為我希望可以
打造一場熱鬧的演出。」
「佐羅力先生，沒有問題。」
「那我們要去下面工作，

進行最後的細部調整，你們絕對不許過來偷看。你的手機就先借給我吧，方便我聯絡事情。」

說完，佐羅力三人一股腦的鑽到舞臺花車下面。

舞台花車的正下方，
更佐羅力三人搶劫銀行的房間。
佐羅力三人一直奮戰到天亮，終於按照原訂計畫完成了各種準備工作。
吸力超強的超級吸塵器，吐錢口的準備工作OK了。
逃命用的車子也準備OK了。只要把錢裝滿這三個大紙箱，我們就要說再見囉。

整個鎮上沒人猜得到
竟然被改造成一個方
喂，是鎮長嗎？
我這裡都準備好了，
接下來只剩安裝煙火了。
請你準備好就趕快送過來。
嘻嘻呵呵。
從外側將銀行的牆壁
打出一個洞
然後將管
子伸進去，把錢吸出來。
吸入口的準備
也OK了。

佐羅力在舞臺花車外頭等了好一會兒，鎮長終於出現了。

「辛苦了，我們這裡也已經準備就緒，大家都幹勁十足，覺得今年好像有機會可以獲得勝利呢。啊，這是用剩下的錢買的煙火。」

鎮長把盒子遞給佐羅力後，轉身離開了。

佐羅力打開盒子一看，嚇了一大跳。

「真傷腦筋，竟然只有兩個煙火。其中一個煙火要把火藥拿出來，做成炸彈，炸開銀行牆壁。原本還打算要同時砰砰砰放上二、三十個煙火，把大家的注意力集中在天上，讓我們可以趁機逃走，現在只剩下一個，恐怕沒辦法吸引大家的注意力了。」

佐羅力只能抱著腦袋苦思。

「只要有一個人發現，
這個計畫就泡湯了，
有沒有什麼好方法，
可以讓所有人都同時抬頭看天空呢？」

「如果我看到咖哩飯
在天空中飛來飛去，
一定會盯著看。」

「不，只有菠蘿麵包
才能吸引我。」

「你們這兩個笨蛋，什麼在天空中飛……

嗯？對了，我想到了！」

佐羅力突然想到了什麼，

他立刻打電話給妖怪學校的老師。

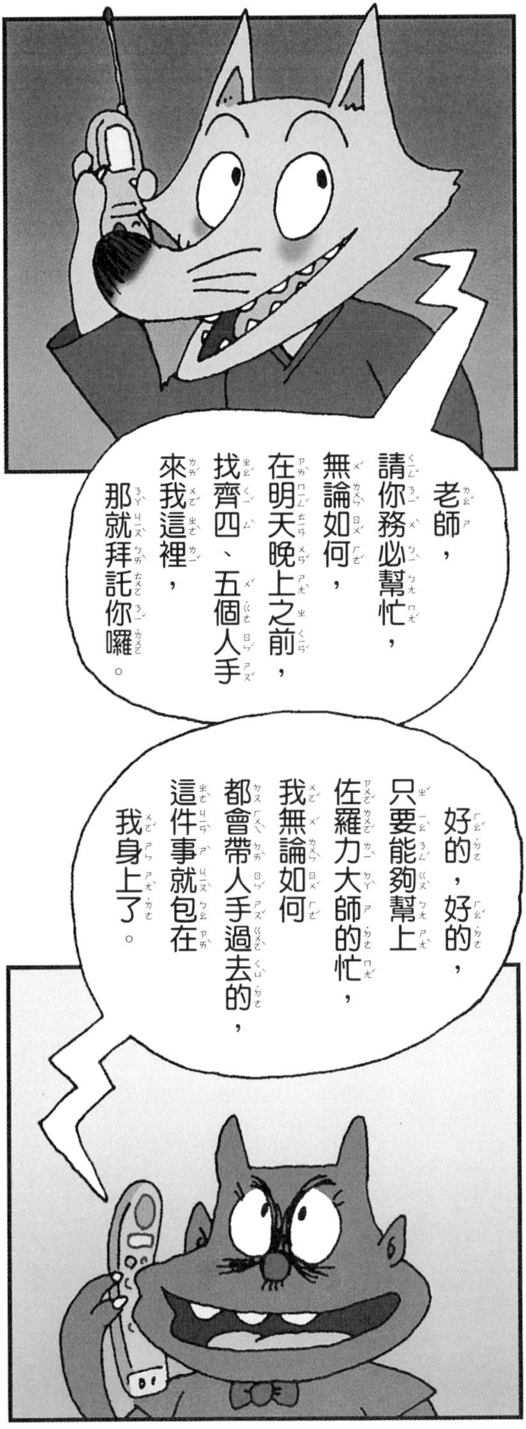

老師，請你務必幫忙，無論如何，在明天晚上之前，找齊四、五個人手來我這裡，那就拜託你囉。
好的，好的，只要能夠幫上佐羅力大師的忙，我無論如何都會帶人手過去的，這件事就包在我身上了。

嘉年華會的日子終於到了。
廣場上，
擠滿密密麻麻的觀眾，
大家的內心都充滿了期待。
龜龜鎮的舞臺花車首先進場了。

☆由六名豬帥哥
組成的「P6」
從機器人的頭頂
懸吊下來，
在空中飛來飛去，
看起來像彼得潘。
☆在機器人手臂上
托住兩個小舞臺，
由五位酷帥熊男
所組成的「BMAP」
正在舞臺上待命。

今年的表演
看來也很值得
期待呀。
哇，
P6來了！
好壯觀的機器人，
還會走路耶。
看來花了不少錢。
BMAP！
☆避免機器人
踩到觀眾，
裝上的感應器。

☆200英吋的液晶大螢幕。不知道等一下螢幕上會出現怎麼樣的美麗畫面。
☆機器人全身裝上了無數燈泡，如果將所有的燈全部都點亮，不知道會是多美的景象。
管弦樂團
高音質杜比音效揚聲器
這個盒子裡面裝了滿滿的噗嚕嚕巧克力
☆要能做出這麼大型而且會走路的機器人真不容易。
那些噗嚕嚕巧克力是送我們的嗎？
哇！
哇！

舞臺花車來到銀行前，表演節目正式開始了。
☆偶像P6唱完歌之後，就像祈晴娃娃一樣一個個被吊在半空中。
各位觀眾，大家對於我們噗嚕嚕糖果公司提供的嘉年華會表演還滿意嗎？是不是很豪華絢麗、很燦爛奪目？這是我們噗嚕嚕糖果公司撒了大把銀子打造的。聞名世界的噗嚕嚕糖果公司——
噗嚕嚕糖果公司世界第一
買零食，就要買噗嚕嚕
那個機器人還真有禮貌，竟然跪坐在地上呵。
董事長說話太大聲了，根本聽不到BMAP的歌聲。
花那麼多錢，結果表演卻只有這樣——

噗嚕嚕董事長足足說了一個半小時，然後表演就結束了。

接著，輪到佐羅力和鎮民一起製作的舞臺花車登場了。但是，看到這輛破破爛爛的舞臺花車，誰會期待能有什麼精采的節目呢？

•在舞臺花車的背後堆放了好幾個戳了很多洞的紙箱。
用途不明的西瓜。
•在舞臺花車的兩側排了很多又舊又髒的腳踏車。
鎮民齊心協力，一起推著舞臺花車前進。
喂，喂，他們竟然用手推舞臺花車。
真的好窮酸哪。
這一隊也不行嘛。

當舞臺花車來到銀行門口時，
觀眾們都紛紛說
他們準備回家了。
但是，就在這時！

生鏽的鐵板
用紙做成的牛花車
剛才那一隊很無聊，這一隊更加的慘不忍睹。
唉，我特地來看，真是白跑一趟了。
這種舞臺花車，會有什麼名堂啊。
算了，回去吧，回去吧。

鎮民們紛紛走上舞臺花車，齊心協力，一起用力踩腳踏車。於是，舞臺花車有了電力，九位活潑可愛的哞少女登場了。

叭
叩
彩色塑膠紙
有很多小洞
電視
在紙箱裡面，有一臺電視。而紙箱的內側貼上五顏六色的塑膠紙，就可以從盒子上的小洞透出彩色的光。
沙
沙
哇喔，真可愛呀。
哇喔，看起來真有活力。
真的，連我都覺得很有活力了。
加油哇。

雖然這輛舞臺花車
是用破舊的廢物拼裝起來的，
但是，當哞少女開始跳舞，
立刻熱鬧非凡，觀眾都瞪大了眼睛看。

小啾
就站在
這裡彈琴
擴音器
•牛的嘴巴裡
不斷噴出
微波爐加熱
烘烤的牛奶
餅乾香味。
MILK
太棒了，
太棒了。
連我也
學會唱
這首歌了。
我也好想
跳舞呢。

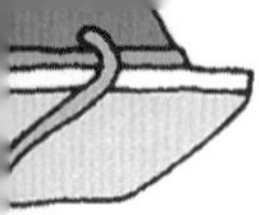

這時，在舞臺花車的下方——

「真熱鬧，真熱鬧。

好了，我們也別閒著，

要開始動手工作了。」

佐羅力把炸藥裝在銀行的牆壁上，

之後立刻把手放在開關上面，

伊豬豬馬上跑過來制止他。

「等、等一下，一旦發生大爆炸，

炸掉牆壁，

外面那些人一定會聽到爆炸的聲音。

「嘻呵呵呵，這個問題，你就不必擔心了。」

佐羅力一臉若無其事，用力按下了炸藥的開關。

就在這時，
外面的煙火和下面的炸彈
同時爆炸了。
砰砰──！
紙花和彩帶
一下子
從牛角上
衝了出來。
大富翁銀行
MI

哇噢
啊——
好棒呵
沙——
沙——
沙——
沙——
原來是要用煙火的聲音掩護炸彈的爆炸聲。
就是這麼回事。
平底鍋
轟——隆

大富翁銀行
•鎮上的民眾所帶來的花瓣統統從頂端噴了出來。
•從這個小洞裡發出的燈光，形成了彩虹。

哇，好漂亮。
真有創意啊。
拍手拍手拍手拍手
．從牛的鼻孔裡不斷吐出許許多多的肥皂泡泡。
魯豬豬，快把吸塵器的管子塞進銀行牆壁裡，把鈔票統統吸出來。
我現在馬上就去把車子開過來。
好哩，那我要打開開關囉。

嘉年華會進入高潮了。在這盛夏的夜晚，天空中竟能飄著白雪。觀眾們都樂壞了。

當觀眾們也跟著樂曲盡情起舞時，哞少女去換上了雪白的衣裳，再度唱起了由小啾所創作的歌曲。

大富翁銀行
• 哞少女就是在這裡換衣服的。
• 原來，西瓜裡面隱藏的是噴雪花的裝置啊。
（請看第42頁）

•從牛嘴巴吐出了冷氣的涼風唷。
好舒服哇！
好涼快！
哇！真涼啊。
佐羅力大師，你看你看，從銀行裡吸出來的不是紙鈔，都是金幣和金條呵。
太好了，金幣和金條比起紙鈔更加的有價值啊。
滋滋滋滋滋
我們搞不好可以建造三座佐羅力城呵。
還有很多很多呢。

三個紙箱裡的金幣和金條愈來愈多，很快就裝滿了，連貨車的載貨臺都快要載不動了，不斷發出吱吱吱的聲音。

「佐羅力大師，我們動作要快，要趕快逃離這裡。」伊豬豬發動了引擎說道。

「等一下，要等妖怪學校的老師到了才能走。」佐羅力連忙制止。

但外面已經傳來了咩少女最後向觀眾謝幕的聲音，

「感謝各位今天蒞臨，謝謝大家。」

「啊呀，慘了，如果表演結束的話，本大爺精心策劃的計畫就會泡湯了。」

佐羅力臉色發白，就在這時——

佐羅力大師，不好意思，我們來晚了。

妖怪學校的老師，上氣不接下氣的衝了進來。他按照佐羅力的要求，帶來了五個可以在天上飛的妖怪。

「沒時間多聊了，可不可以請各位現在馬上飛到這個舞臺花車

快點、快點！

的上空？
大約飛個十五分鐘左右，
拜託大家了。」
佐羅力緊張的說道，
會飛的妖怪聽了，
立刻一個又一個的
來到舞臺花車外面。

為了佐羅力，大家趕快去吧，快去飛，快去飛。
好哩。
好的。

哞少女正在向觀眾謝幕，感謝觀眾如雷的掌聲時，五個妖怪同時出現了，他們繞在舞臺花車的周圍，飛過來又飛過去。

大家看上面。
哇，那是什麼？
原來表演還沒有結束哇。
他們到底是怎麼做到的？我完全看不到線耶。

無論是觀眾、
哞少女，
或是鎮上的民眾都開心得不得了。
那天晚上，掌聲久久不息，
迴響在夜空。

今年還有特別演出呢，真精采呀！

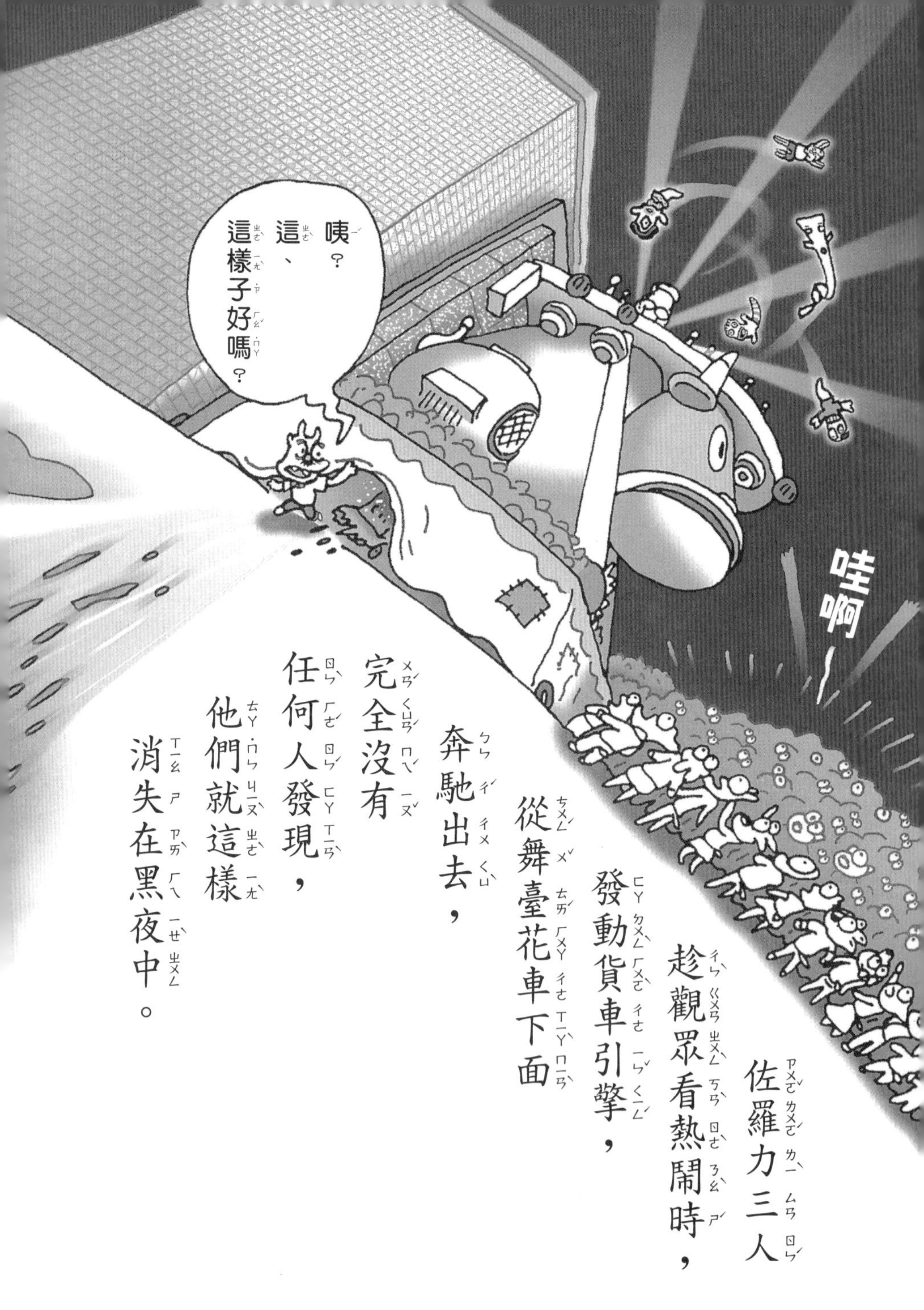

佐羅力三人趁觀眾看熱鬧時，發動貨車引擎，從舞臺花車下面奔馳出去，完全沒有任何人發現，他們就這樣消失在黑夜中。

但是，問題來了！

貨車駛出城鎮後，佐羅力回頭一看，驚訝得不敢相信。原本拖在車子後面的金幣和金條，連同載貨臺一起失蹤了。

來自妖怪學校老師的證詞

佐羅力大師
出發後，
我聽到
啪嘰一聲，
載貨臺就斷了，
因為太重了，
連輪胎
也被壓得
爆胎了。

因為佐羅力大師
事先沒有跟我說，
所以，我以為
那些紙箱裡裝的
是嘉年華會上
表演的道具，
就直接回來了。
原來那裡面
裝的是金幣和金條，
如果早一點告訴我，
我說不定
還可以
帶幾個回來。

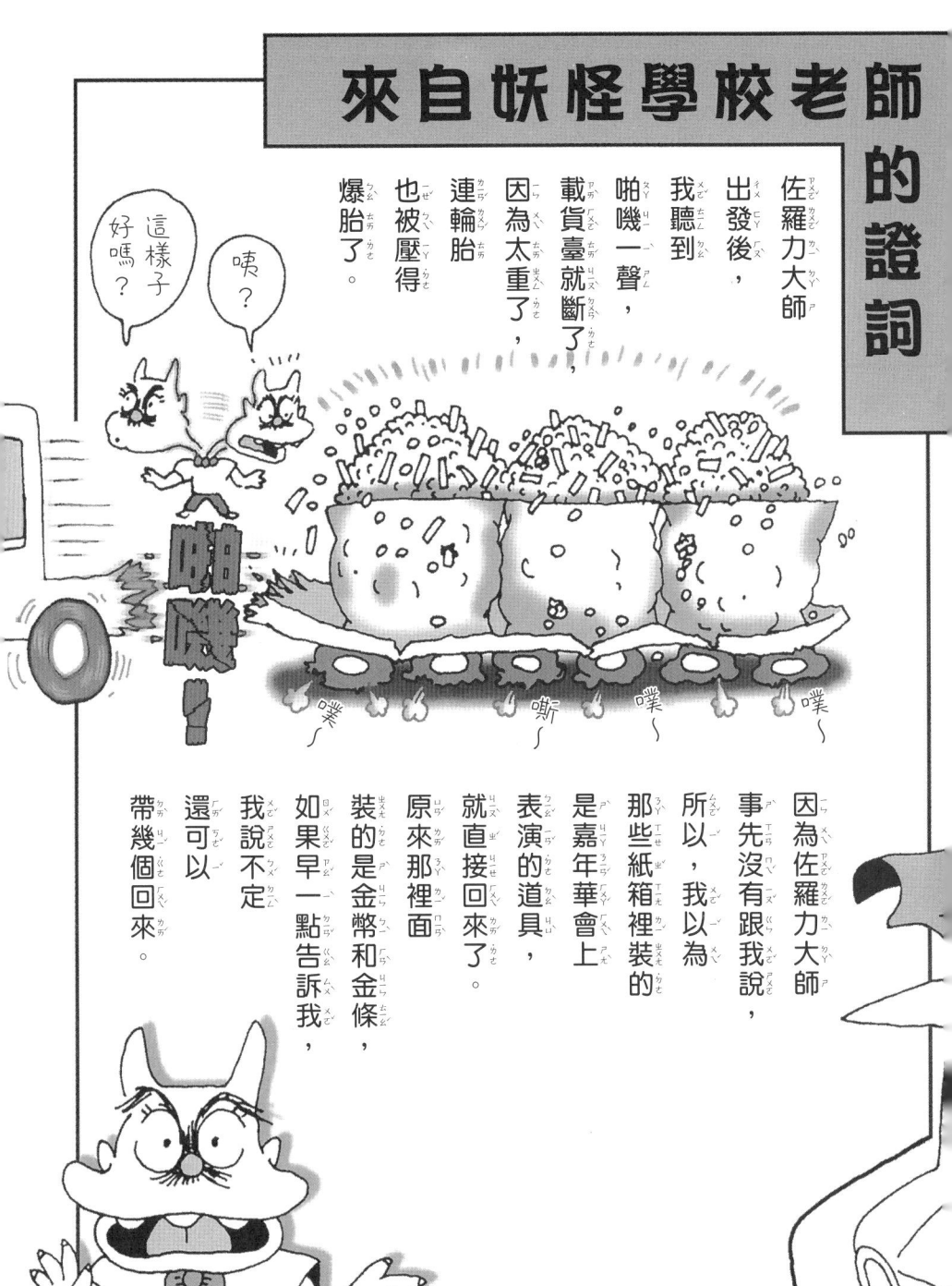

那天晚上，
三個人懊惱得睡不著覺，
他們打開了汽車上的收音機，
聽到羊羊鎮的鎮長正在接受採訪。

我們終於在嘉年華會的
十週年獲得了勝利。
這一切，全都要歸功於
那位名叫佐羅力的旅人。
他讓我們瞭解到，
只要努力到最後一刻，永不放棄，
就可以看到希望之光，
然後，他就像一陣風般消失了。
他真的很了不起，佐羅力先生，
感謝你。

對啊，對啊，本大爺差點忘了，即使發生過很多次大失敗，怪傑佐羅力都不曾輕言放棄，所以我才會有今天的成績。天堂的媽媽，你看著吧，本大爺有朝一日，一定會建造出佐羅力城堡。
對嘛，對嘛，這樣子才像佐羅力大師。
萬歲，佐羅力大師復活了。

●作者簡介

原裕 Yutaka Hara

一九五三年出生於日本熊本縣，一九七四年獲得KFS創作比賽「講談社兒童圖書獎」，主要作品有《小小的森林》、《手套火箭的宇宙探險》、《寶貝木屐》、《小噗出門買東西》、《我也能變得和爸爸一樣嗎？》、【輕飄飄的巧克力島】系列、【膽小的鬼怪】系列、【菠菜人】系列、【怪傑佐羅力】系列、【鬼怪尤太】系列、【魔法的禮物】系列等。

●譯者簡介

王蘊潔

專職日文譯者，旅日求學期間曾經寄宿日本家庭，深入體會日本文化內涵，從事翻譯工作至今二十餘年。熱愛閱讀，熱愛故事，除了或嚴肅或浪漫、或驚悚或溫馨的小說翻譯，也從翻譯童書的過程中，充分體會童心與幽默樂趣。曾經譯有《白色巨塔》、《博士熱愛的算式》、《哪啊哪啊神去村》等暢銷小說，也譯有【魔女宅急便】系列、【小小火車向前跑】系列、《大家一起來畫畫》、《大家一起做料理》【大家一起玩】系列等童書譯作。

臉書交流專頁：綿羊的譯心譯意。

怪傑佐羅力系列 26

怪傑佐羅力之恐怖嘉年華

作者｜原裕
譯者｜王蘊潔
責任編輯｜黃雅妮
特約編輯｜游嘉惠
美術設計｜蕭雅慧

發行人｜殷允芃
創辦人兼執行長｜何琦瑜
副總經理｜林彥傑
總監｜黃雅妮
版權專員｜何晨瑋、黃微真

出版者｜親子天下雜誌股份有限公司
地址｜台北市 104 建國北路一段 96 號 4 樓
電話｜（02）2509-2800
傳真｜（02）2509-2462
網址｜www.parenting.com.tw
讀者服務專線｜（02）2662-0332
週一～週五：09:00～17:30
讀者服務傳真｜（02）2662-6048
客服信箱｜bill@cw.com.tw

法律顧問｜台英國際商務法律事務所・羅明通律師
製版印刷｜中原造像股份有限公司
總經銷｜大和圖書有限公司
電話｜（02）8990-2588

出版日期｜2013 年 6 月第一版第一次印行
2021 年 8 月第一版第十四次印行

定價｜250 元
書號｜BCKCH063P
ISBN｜978-986-241-718-8（精裝）

訂購服務
親子天下 Shopping｜shopping.parenting.com.tw
海外・大量訂購｜parenting@cw.com.tw
書香花園｜台北市建國北路二段 6 巷 11 號
電話｜（02）2506-1635
劃撥帳號｜50331356 親子天下股份有限公司

國家圖書館出版品預行編目資料

怪傑佐羅力之恐怖嘉年華
原裕 文、圖；王蘊潔 譯 --
第一版. -- 台北市：天下雜誌, 2013.06
98 面；14.9x21公分. --（怪傑佐羅力系列；26）
譯自：かいけつゾロリのきょうふのカーニバル
ISBN 978-986-241-718-8（精裝）
861.59　　102009245

博客來小學讀物年度之最，日本狂銷3,300萬本的經典角色

的幽默開胃閱讀

風靡所有孩子的佐羅力精神

★絕不放棄！樂觀的佐羅力遭遇任何困難挫折，總是繼續堅持到底
★樂於助人！調皮的佐羅力好打抱不平，成為人人景仰的正義使者
★熱情活潑！幽默的佐羅力和孩子同一國，贏得孩子的認同與友誼
★孝順父母！孝順的佐羅力希望媽媽以他為榮，所以永遠不會變壞

最適合孩子開始獨立閱讀的書

★字體大，圖文並茂，用字淺顯易懂，適合中低年級孩子自己閱讀
★內容各處暗藏漫畫、謎題、發明，每次閱讀都有新發現
★幽默、緊張曲折的故事情節，讓閱讀經驗充滿無窮樂趣

家長、孩子齊聲說讀

【怪傑佐羅力】系列讓三年級的哥哥半夜不想睡覺、愛賴床變成自己凌晨起床偷看書；更好的是，我家文盲已久，讀大班的弟弟，也因本書開始認真閱讀，走入自行閱讀的浩瀚書海！

—— 家長　**小熊媽**（「家在婆娑美麗處：小熊部落」格主）

弟弟不僅主動閱讀，還一邊翻一邊大笑，眼睛都亮了起來呢！期待續集！

—— 家長　**楊雅惠**

佐羅力的小聰明和他的想像力，讓他的旅行變得有趣，雖然結果都讓人想像不到，不過他的自信心真的很讓人佩服！佐羅力的旅行故事我非常喜愛，真希望能一直讀下去！

—— 新北市中和國小　**童于窈**

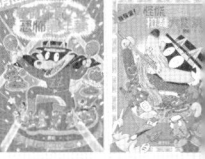

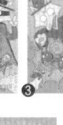

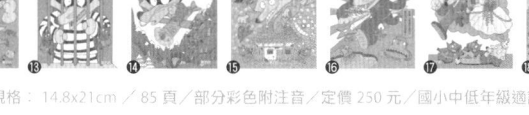

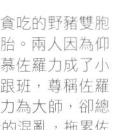

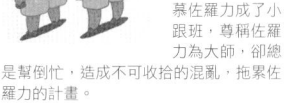

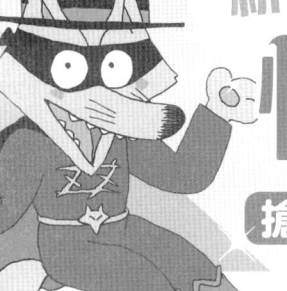

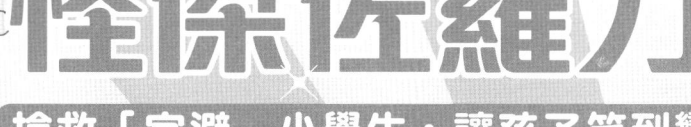

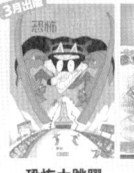

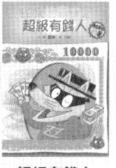

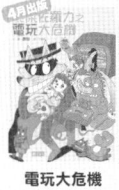

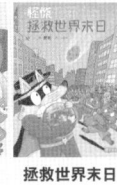

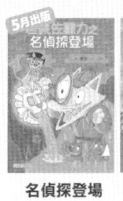

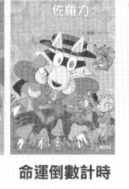

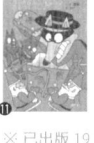

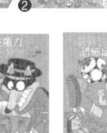

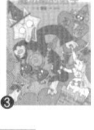

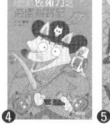

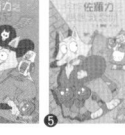

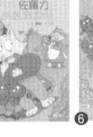

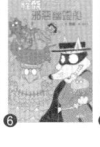

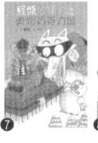

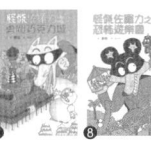

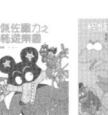

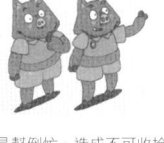

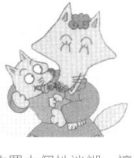

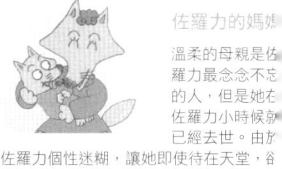

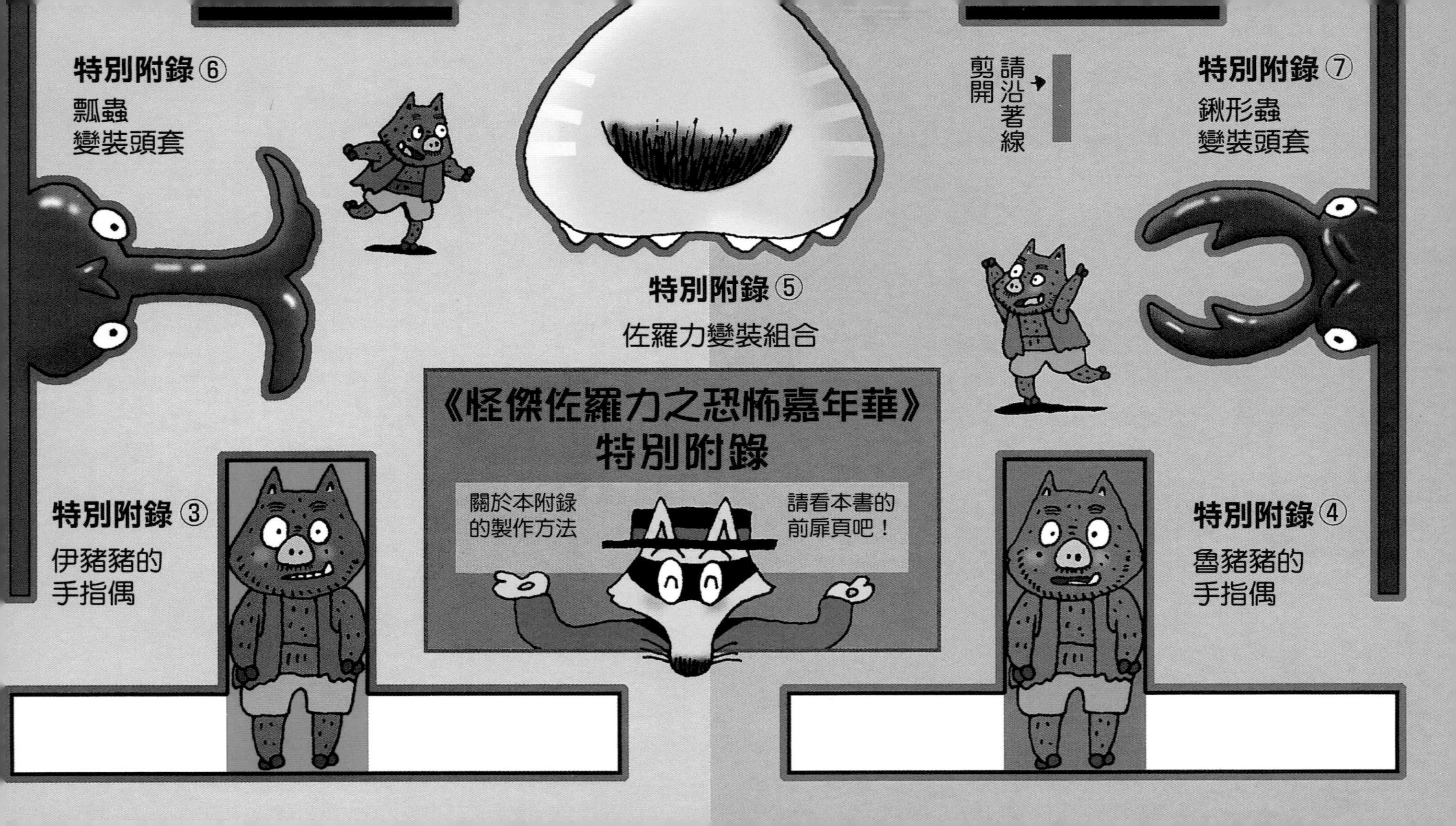
《怪傑佐羅力之恐怖嘉年華》
特別附錄
關於本附錄的製作方法
請看本書的前扉頁吧！
特別附錄⑥
瓢蟲
變裝頭套
特別附錄⑤
佐羅力變裝組合
請沿著線剪開
特別附錄⑦
鍬形蟲
變裝頭套
特別附錄③
伊豬豬的
手指偶
特別附錄④
魯豬豬的
手指偶